사람의 꽃

우주에는 한 사람의
완전한 '연인' 이 있으니
그는 거룩하고 위대한 '시인' 이다
사람이 꽃보다 아름답고 별보다 빛난다 함은
매일 시를 음미하기 때문이다
시는 생명의 사랑이라 했으니…

오다겸 인문예술시 2

사람의 꽃

한누리미디어

시는 자연의 빛과 향기로
인생 희로애락을 노래한다

오다겸 시인의 시집《사람의 꽃》출간을 축하드립니다.

세상에는 아름다운 것이 많이 있습니다. 우리 인간은 누구를 막론하고 아름다움을 찾아 행복을 누리고자 합니다.

시는 인간 희로애락을 보듬어주는 사랑의 자양분으로 신비로운 자연 만물의 의미를 깨우쳐 줄 뿐 아니라 삶의 새롭고 다른 길을 열어 줍니다.

인간의 '오욕락'을 극복하여 진리를 깨닫고 인간이 경험하며 도달할 수 있는 이상적인 '피안'의 경지를 꿈꾸기도 합니다. 그래서 예로부터 시인은 인간을 초월한 '신성'이라 불렀던 것입니다.

이렇게 시적인 정신으로 삶을 가꾸어 갈 때, 인간의 감성이 꽃처럼 피어나서 봄날 같은 삶을 살아갈 수 있는 것입니다.

행복은 풍요한 물질에도 있지만, 아름다운 정신의 가치가 더 크게 작용합니다.

그래서 '일체유심조(一切唯心造)'라 하듯이, 인간의 매사는 마음

정 세 균
(전 국회의장, 전 국무총리, 현 노무현재단 이사장)

에서 일어나고 마음에서 사라지기 때문입니다.

이렇듯 시 예술적 감성이 메마른 사회는 마치 물 한 모금 먹지 못하고 썩어가는 나무처럼 사람의 향기가 없는 사회라고 말할 수 있습니다.

따라서 우리 사회 곳곳에는 어머니 심성 같은 꽃이 많이 피어나야 합니다. 우리 인간의 꽃은 바로 시이기 때문입니다.

이러한 시적 아름다운 소통을 통해 우리 사회를 움직이는 '정치를 예술처럼, 삶을 자연처럼' 살아가는 길을 열어가는 데 앞장서 왔던 오다겸 시인은 지식과 이성적인 이해관계가 충돌하는 정치 일선에서 시적 감성을 정치에 투영시킨 최초의 여성 정치인이라 말할 수 있습니다.

따라서 문화예술시대에 융합적으로 부응하고 있는 오다겸 시인의 '인문예술시'를 많이 읽어서 아름답고 행복한 삶을 영위하는 데 도움이 되었으면 좋겠습니다.

9

"문학은 마음의 양식이다."

마음의 양식은 곧 생명입니다.

우리 사회에는 정치 경제 사회 문화 종교를 비롯한 많은 분야가 있지만, '마음의 양식'의 '정의'는 문학 밖에 없습니다.

그만큼 문학은 중요한 인간의 본질입니다. 아무리 '부귀영화'라고 해도, 아름다움과 사랑이 없는 것은 죽음입니다.

천재 물리학자 아인슈타인에게 제자가 물었습니다.

"스승님, 인간의 죽음이 무엇입니까?"

아인슈타인은 단번에 대답했습니다.

"죽음은 시를 읽지 못한 것이다"라고 말입니다.

그만큼 시가 중요하다는 것입니다.

기원 전 공자 때부터 동서양의 철학자들이 '시는 우주만물 중에서 가장 아름다운 연인이다'라 했으니, 그럴 만도 합니다.

세상에서 가장 아름다움의 상징적인 단어가 바로 '진선미'입니다. 오늘날 이 진선미란 단어가 아름다움을 대표하는 단어로 광범위하게 쓰이고 있지만, 사실 진선미는 시학을 창시했던 아리스토

텔레스가 시의 아름다움을 말하면서 알려지기 시작한 단어입니다. 시는 어떤 유·무형의 생물체와도 사랑을 나눌 수 있는 우주 만물 중 가장 아름다운 연인이라고 했습니다.

언제나 달처럼 맑은 눈, 해처럼 뜨거운 가슴, 별처럼 반짝이는 꿈, 꽃처럼 웃는 얼굴로 세월의 손을 잡고 '삼라만상'의 '생로병사'와 '희로애락'의 자연의 무늬를 그리는 것이 '시문'입니다.

꽃은 땅속에서 피어나고 사랑은 인간의 마음 속에서 피어납니다. 그런 저는 소녀 때부터 꽃을 보면 꽃 이야기를 듣고 싶은 상상력이 생겨났습니다. 그럴 때마다 저는 사랑의 문을 활짝 열고 꽃을 심는 꿈도 꾸어 보았습니다. 하지만 꽃은 세월이 흐르도록 제 마음에 피지 않았습니다.

그런 꽃은 흙에서만 피어나는 것으로 알았습니다. 하지만 저의 마음 밭에 꽃씨를 심고자 했던 그 소녀의 감성은 마치 어젯밤에 꾼 생생한 꿈처럼 사라지지 않았습니다. 그 꽃씨는 제가 사회봉사와 더불어 정치에 입문하면서 만나게 되었습니다.

우리 인간은 좋으나 싫으나 정치 속에서 살아갈 수밖에 없는 숙명입니다.

'정치는 종합예술이다'라고 하는데, 제가 느낀 정치는 예술은 커녕 탐욕적인 이성과 지식이 투쟁하는 '이전투구' 장처럼 보였습니다. 그런 정치는 아름다운 사랑과는 거리가 멀었습니다.

저는 오염된 그곳에 한 방울 이슬 같은 역할을 하고자 저부터 정화하기 시작했습니다.

소녀 시절부터 꿈꾸어 왔던 꽃 같은 시적 철학을 갖고 아름답고 향기로운 감성으로 정치적 상상력을 발휘하는데 힘썼습니다.

시는 사물과 대상을 새롭고 다르게 보며 상상하고 창의해 가는 능력이 있기 때문입니다.

정서적 통찰력과 인문적 통찰력을 키워가며 세상을 폭넓게 사유하는 어머니의 품성으로 얼싸안은 정치와 사회의 꽃이 되고 싶었던 출발이었습니다.

'흥관군원' 시에는 노래와 춤이 있고, 감흥과 기쁨이 있고, 성찰과 통찰이 있고, 느낌과 깨달음이 있고, 배움과 마음을 닦고, 사교하고 나누는 기도와 사랑이 있고, 옳고 그릇됨을 판단하고 비판하고 풍자하며 새로운 세계를 열어가는 길이 있다고 했습니다.

그러한 시를 두고 '사무사(思無邪)' 라 합니다.

시에는 아름다운 사랑만 있다는 말입니다.

하늘에는 별이요, 땅에는 꽃이요, '삶의 꽃은 인문학 시' 라고 했듯이, 인간의 본성인 감정 감성을 아름답게 하기 위해서 제 아호 '다산' 처럼, '시문학 인문학' 을 사계절 꽃처럼 피어나는 인간을 위한 아름다운 생명의 산을 이루며 살겠습니다.

12

차례

1부_ 사람의 꽃

2부_ 세월의 님

차례

3부 _ 인연의 빈 의자

4부 _ 어머니의 세월

14

5부 _ 무지개 꽃 사랑

6부 _ 자연의 언어

15

차례

7부_ 민들레 땅

8부_ 여름은 명작

제 **1** 부

사람의 꽃

꿈속의 얼굴

이 어두운 밤에도
방긋방긋 웃음으로
바람소리 장단 맞춰 춤추는 모습
영혼의 눈빛인가 하얀 눈꽃 송이
애련한 속내까지 말없이 내려앉는다

소복소복 쌓인 그리운 손님
착한 눈사람 하나 만들어 놓고
가로등처럼 고독한 가슴 전해 볼까
길 잃은 사랑의 향기 찾아가는 벙어리 가슴에
아름다운 갈망의 꽃이 피어난다

18

깊어 가는 밤이 기울면
까치 노랫소리처럼 기쁘게 들려줄
님의 마음 그려보는 상상을 하며
바람 한 점 일고 구름 한 조각 걸치니
나만이 볼 수 있는 꿈속에 그 임이 웃는다

파도의 전설

파도야 그 몸짓 누굴 향한 그리움이냐
물결이 터져 나온 쉴 새 없는 가쁜 숨소리
어깨를 에워싸고 포효하는 가슴
하얀 거품 속에 영겁의 얼굴
세월도 놓치고 간 생명의 아우성이 춤을 춘다

파도야 그 목청 누굴 부르는 사랑이더냐
낮에는 해를 안고 밤에는 달을 품고
꿈꾸는 영원의 사랑 출렁대는 사연
고독을 울부짖는 천둥의 소리
사라질 수 없는 노랫가락에 갈매기가 날은다

세상에 무엇을 말하고 싶은가
한순간 사람에게 머물지 못하고
긴긴 세월 흔적도 없이
고독 속에 눈물이 나면
다시 먼 바다로 고개 돌려 눈빛을 적신다

사람의 꽃

시커먼 남의 몸을 씻어주다 보면
얼룩진 내 몸이 함께 깨끗해지고
캄캄한 밤에 남을 위해 불을 밝히다 보면
내 어두운 얼굴이 먼저 밝아지는 것이거늘

사람들은 이와 같은 진리를 모르고
눈앞에 보이는 먹이만 탐욕한다
사람의 진실을 알기란
어둠 속에 그림자 찾기보다 어렵고
거짓을 찾기란
고랑물에 미꾸라지 꿈틀거리는 모습보다 쉽다

어리석은 사람은
인연을 꽃처럼 만나도 몰라보고
보통 사람은 인연인 줄 알면서도
눈 뜬 장님처럼 더듬거리고
현명한 사람은 스쳐가는 인연도
바람처럼 느끼며 산다

이 모두가 세상길에서
어떤 사람은 사진처럼 살고

또 어떤 사람은 시처럼 살아간다
남을 보는 눈은 있어도
나를 보는 눈은 거울 속에만 있을까
사람의 꽃
마음에서 피어날까
얼굴에서 피어날까

사랑이 된 눈꽃

살아 있는 날개 달린 하얀 눈
어둠 속에 피어나는 흰 불꽃
나뭇가지에 앉아 꽃이 되고
땅바닥에 쌓여 꿈을 꾼다

수많은 선율 마음에 열고
하얀 숨결 공중에 날리며
자유의 춤을 추는 사람아
시인의 신비한 상상을 불러본다

얼마나 사랑이 그리우면
저토록 소복소복 쌓여도 부족하여
물속에 가슴을 맡긴 말 없는 눈물
스쳐가는 바람 한 점 길을 비켜줄까

사랑이 된 눈꽃 생명을 다독거리는 손길
물이 되어 흘러가는 희생의 숨결
영혼의 소리 들을 수 있느냐고
눈보다 하얀 사랑을 해 봤냐고 묻는다

사랑도 봄날에 핀다

눈 먼 사람의 닫힌 사랑
깊은 밤중 길 잃은 사연
인연의 끈 놓쳐 버린 어리석은 빛
어둠 속에 그림자 걸음걸이
가물거리는 꿈결 속에 님을 맞는다

숱한 세월 속에서도
말 없는 이야기 그리움에 담고
바람결에 묻어오는 향기
그 사랑의 애달픈 소리일까
깨어나지 않은 귀머거리 표정이다

눈에 보이는 것만 사물이 아니듯
끝없는 아름다운 시간이
어느 순간 감정에 드러날 수 있을까
감춰진 수수께끼 신비한 보자기 속에
사랑의 씨앗은 겨울을 이겨내고 봄날에 핀다
그 사랑 달빛에 웃는다

23

어머니 달빛

연지곤지 찍은 우리 어머니
시집 오시던 날 고운 얼굴이
저 하늘 달이 되었나 봅니다

어린 자식 품에 안듯
꽃 같은 향기로운 미소로
봄바람처럼 나를 따라옵니다

생전에 피워 보지 못한 어머니의 꽃
수많은 별꽃보다 큰 얼굴로
세상의 눈빛이 되었나 봅니다

밤새 잠들지 않는 우주의 숨결로
나의 걸음마다 어머니 꽃이 새벽길을
활짝 밝히고 있습니다

봄날이 보인다

자연의 옷자락 풀어 놓고
살그머니 아가의 꿈처럼
꽃씨 하나 맺어진 눈망울
추운 바람 사이로 얼굴을 내밀고
햇살에 눈 비비는 소리다

겨울의 끝자락은 아직도
산마루 눈꽃 속에 있고
들녘에 동백으로 피어 있는데
흘러가는 시냇가 봄처녀 편지를 쓰느라
밤낮으로 생명의 짝을 맞춘다

용케도 겨울을 보내고
향기 품은 봄날의 눈동자
세월을 만들어낸 이야기 빛으로
밤새도록 그 사랑 맞이할 몸 뒤척이며
거울을 닦아낸 꽃망울 붙들고 입춘이 숨 쉰다

새싹 손님

동지섣달 건너 두터운
어둠을 헤쳐 나온
생명의 기운이 깨어나니
세상천지에 이보다
기쁜 일이 있겠는가

사람들아 사랑이 사는 영혼의 눈을
열고 닦아 보자
저 앞에 꽃들의 이야기가
들리지 않는가

마음 밖의 인연 중에
가장 반가운 손님이
소망을 담아 서성인다

향기만 받아 담고
꽃잎과 씨앗은 세상에 둬라
그게 최고의 기쁨이니라
새싹 손님 봄빛 이야기처럼
님의 얼굴 봄이런가

봄 여인처럼 온다

얼마나 돌아왔을까
길 위에 조용한 발길
공전하는 하늘 공간 어디에
티끌만한 욕심도 내려놓은
자연의 생명으로 봄날을 낳는다
기다림도 그리움도
삶을 위한 사랑에 그려 놓고
바람 갈 길 비켜준 인정으로
세상의 마음에 풀어버린
두 말 없는 진실을 두고
순수한 꿈으로 여인처럼 온다

파도야

파도야 그 몸짓 그렇게
그리움이 울어버리면
님이 그려 놓은 설레는 흔적
어느 달빛 그림자 찾아
그날의 추억을 그려볼거나

파도야 세월의 사연을 놓고
세상의 인연을 품었느냐
만민을 위한 사랑으로
구름을 잡은 하얀 숨소리
바람을 타고 한 몸을 이루는구나

파도야 낮과 밤에 꿈을 꾸며
영혼을 부르는 상상의 예술
그렇게 노래가 되고 춤이 되고
그림이 되고 시가 되어
시인의 가슴에 둥둥둥 북을 치느냐

28

꽃처럼 피어나는 님

손꼽을 수 없는 긴 세월도
어느 한적한 논두렁을 뚫고 나온
바람에 싣는 새순 같은 숨결로
세상의 첫 이야기를 듣는다

온 산천에서 들려오는 생명의 소리
오만 가지 색깔로 뽐내는 얼굴
앉은 자리 누운 자리마다
꽃들의 말소리는 달라진다

님이 생각나는
이 날이 봄이런가
이 넓은 가슴에 사랑이라 부르며
님의 마음 꽃처럼 피어 놓고 싶구나

사람의 꽃 |

사랑의 눈물 우수

봄날의 꿈이 깨어나는 소리
님이 손짓하는 아지랑이 숨결 따라
그리움 남겨놓은 겨울빛 가슴
얼음장 부둥켜 안은 눈물을 흘린다

세월 앞세워 님 마중 가는 햇살
시냇가 버들강아지 머리 위에 앉아
흘러가는 물줄기 거울삼아 몸단장한
우수의 물결 봄날 이야기를 만든다

30

아지랑이 편지

하얀 그리움이 머문 자리
설레는 가슴 조용히 품은 흔적
세월 발길에 그림자 하나 남기고 간다

바람도 돌아보지 않는 님 잃은 나무 위에
꽃을 찾는 나비의 꿈
산천을 입에 물고 메아리를 울린다

눈꽃송이 하얀 품 안에서
어느새 영롱한 햇살 눈짓 알아채고
아지랑이 몸짓으로 봄날의 편지를 쓴다

무언의 몸짓

아직도 겨울 가슴에는
새벽 단잠에
꿈 한 자락 남아
영혼의 그리움을 찾는데
가지에 맺은 눈꽃송이
바위를 어루만지며
추억의 마음 숨겨두고
님 맞을 무언의 몸짓
세월의 숨소리를 듣는다

32

봄이면 그 꽃을 만나 볼 수 있을까

봄날을 찾아오는 길가에 서서
새소리 물소리 바람소리 들려오지만
향기처럼 보이지 않는 님의 얼굴
그 꽃을 다시 만나 볼 수 있을까

옛 시절 고향 찾아오는 소꿉친구
오래 된 꿈속의 그리움 품고
붉게 물들어가는 님의 얼굴로
세월을 붙잡은 봄날의 향기가 풍겨온다

인향백리 애향만리 갈 길은 달라도
꽃봉오리 피어나기 전
소녀의 꿈처럼
세월도 놓고 간 그 사연을 듣고 싶다

소리 없이 구름결처럼 내려앉은 자리
님이 피어나는 어느 날
인연이라 불리는 영혼 빛으로
온몸을 세상에 피고 지는 꽃으로 웃고 싶다

봄 사랑이 다르다

나무의 꿈 바람이 깨우고
꽃의 소망 햇살을 품으니
흙에 영혼 물결이 씻어준다

삼월의 바람으로
봄날을 쓰는 편지
귓전에 사랑의 웃음 들려오고
들녘마다 물오른 가슴이 설렌다

긴 겨울잠 개구리 일어난 자리
세월의 흔적을 보듬은 생명의 자유
아지랑이 손잡고 부지런한 들풀이 노린다

쉼 없이 생성하는 자연의 숨결들
찬 기운에 맨 먼저 이름 붙인 매화
너랑 눈 맞아 봄을 품어 볼거나

봄은 왔는데 님은 보이지 않는다

꽃님 곁에 앉은 들풀이 되어
옹알이하는 삼월
들판에 뒤뚱거리는 아지랑이
나비 날갯짓에 달아 놓고 싶다

거울 속에 비치는 부지런한 얼굴
눈으로 보고 마음에 어루만지며
생명을 만드는 꿈이 되어
메마른 가슴마다 물오르는 소리 들어 본다

아름다움을 뽐내지 않는 꽃도
때가 되면 들풀 숲을 찾는데
그 님은 꽃보다 귀한가요
예쁜 님의 마음에 봄은 언제 오려나
봄은 왔는데 님은 보이지 않는다

35

봄날 같은 님

봄날의 가슴은 어떻게 생겼을까
순진한 산골 처녀 마음 빛깔을 닮았을까
화려한 도시 아가씨 생각을 그려냈을까
산 넘어온 푸른 바람 소리
쉴 새 없이 달려오는 시냇물 소리
하늘도 구름 속에 거울을 본다

봄날 같은
연분홍 치마 노랑 저고리
그 옛날 짝사랑하던 자리
메아리처럼 가슴을 울리면
봄속에서 님을 닮은 꽃을 찾았고
온종일 님이라 부르며 서성였다

제 2 부

세월의 님

봄날의 회상

자연 속에 영원한 꿈
세월 품은 바위 손금 사이로
봄을 담고 흘러가는 산천의 이야기

자유로운 산골짝 숨소리로
바람에 묻어가는 봄처녀 발걸음마저
나비의 치맛자락에 그리움 안고 간다

분단장한 꽃잎 향기
눈에 먼저 비치는 거울 속에
오매불망 깨어난 푸른 속삭임

생명의 무한한 순간을 이어온
흙속에 씨앗 안은 부푼 회상
연둣빛 이파리 색깔을 고른다

봄날이 가도

꽃이라 불리는 너의 모습
어둠 속에 꿈꾸지 않고 어찌 피어났으리
찬바람 어인 풍파 헤치고
하얀 영혼 속에 색색으로 그린 얼굴

꽃도 웃고 봄날도 웃고 사람도 웃는 사월
봄날이 가도 세월이 가도
내 마음은 꽃 속에 님이 되어
이 날도 저 날도 깨어나지 않는 꿈으로 여기에 있다

님의 편지 꽃물

꽃은 사계절 피어나도 소녀의 거울 같고
물은 날마다 흘러가도 푸른 소년의 숨결 같고
꽃은 봄날의 마음이라
물은 봄날의 생각이라 이름 짓는다

바람에 흔들리면 향기가 되고
이슬에 젖으면 사랑이 되고
사람은 세월만치 늙어가는데
너는 천만 년을 살아도
꽃을 품는 영혼의 물이 되어 흘러간다

40

봄날의 짝사랑

꽃은 꽃대로
나무는 나무대로
사람은 사람대로
바람 숨결 따라
구름자락 따라
살아 숨 쉬는 인사를 한다

새들은 꽃잎에 향기를 선물하고
벌 나비는 꽃잎에 색깔을 입히며
해가 지고 달이 떠도 낮밤을 품는다

기다리지 않아도 꿈처럼 와서
그리워하지 않아도
이슬로 얼굴을 씻고
세월 걸음 사이로 맴도는 봄바람 만진다

산천초목 둘러앉은 그 자태
마음 속의 사랑으로 스며들어
눈부신 색깔마다 짝사랑이 터진다

41

세월의 님

산천에서 품어내는 물줄기
물길은 아래로 밑으로 흘러간다
자연을 흉내 내는 그림을 그리고
자연을 상상하는 시를 쓰고
꿈과 그리움이 있는 세상을 향해
인생의 아름다운 시간을 걸어간다
잃어버린 시간이 어디 있을까
지워진 흔적이 어디 있을까
여기 산을 품고 바위를 넘어 물이 흐른다
가는 세월 마음에 담고
오는 세월 생각에 넣어
물길도 인연 따라 돌고 돌아 세월 속에 흐른다

42

4월의 연인

얼굴도 마음도
가지에 맺은 인연
무엇을 피워낼까
곰곰이 생각하던 날
찬바람이 흔들어 깨운
첫사랑 낡은 순정
꽃비로 마음 씻은 사월의 연인
손에 잡힐 듯 봄빛을 불러들여
수줍게 입술 벌린 꽃향기
산천의 메아리로 울리니
산자락에 걸터앉은 구름
세상 시름 내려놓는다

꽃피는 세월

색깔마다 노래하던 세월
가슴에 숨겨 놓은 사연을
봄 향기 춤추는 문풍지 바람으로
꿈속에서 님의 이름이
산천에 꽃잎으로 피어날 때
이슬방울 눈동자로 님을 보며
생각을 멈추게 하는 사랑
꽃피는 봄날의 세월이 되고 싶다

44

꽃의 짝사랑

꽃가지에 걸린 세월
청산에 마음 품은 봄날
설레는 가슴 터져 버린
꿈꾸는 짝사랑 가슴
꽃이 웃느냐
사람이 웃느냐
바람결에 향기 보내는
꽃의 밀어

꽃이 부르는 날

꽃들도 맑은 시냇물에
파란 하늘 흰 구름 품고
소녀의 눈빛 같은 햇살 받아
들과 산을 색깔별로 입히며 노래한다

솜 빛보다 희고 부드러운 흔적들
세월을 품고 꿈꾸는 봄날에
꽃잎마다 맺은 그리움 찾아
바람결 길 떠날 줄을 모른다

46

봄비의 꿈

봄비 선율에 젖은 꽃잎
사랑의 웃음을 자연에 젖힌다
방울방울 새싹을 씻어 주는 손길
봄비 한 주머니 내 마음 그리움에 담고 싶다
매화꽃 가지에도
산수유 꽃 얼굴에도
개나리 손가락에도
풍경의 눈을 만들어 세월의 깊은 속을 보여준다
빗줄기 따라 흘러가는 시냇물
봄날의 거울을 보며
꽃길을 그려준다

영원한 사랑 산수유 꽃

사랑을 찾아오는 산수유 꽃
영원한 사랑의 향기가 피어오르는 꿈
민족의 영산 지리산 노고단 품 안에
태곳적 신비의 약수터 자리마다
지리산 산동 산수유 꽃
연인의 눈길 속에 스며드는
마음마다 봄날의 이름이 되어
봄날의 노래
바람에 실어 산천에 메아리로 울리니
연둣빛 꿈 자락에 아직 잠이 덜 깬
진달래 머리맡에 아지랑이 피어올라
금빛 산수유 꽃
꽃잎마다 산을 안고 물들이니
봄날이 가고 세월이 가도
영원한 사랑을 찾아가는 꽃향기 봄길을 본다

봄날의 이름을 불러다오

봄보다 먼저 피어나는 매화꽃
산들바람이 길손처럼 내려앉아
향기를 구름처럼 생각에 이고
한들한들 햇살거리는 모습 따라

님의 그리움으로 오래오래 피어나서
봄날에 꽃 이야기 들려주는
사방에 입이 되고 얼굴이 되어
봄날의 이름을 불러다오 매화의 입술로

자연의 여인

개나리 봄바람에 온몸을 뒤틀며
오다가다 쉬어간들 어떠하리
눈 닿는 곳 소곤소곤 사랑놀이
버들강아지 눈썹 위에
섬섬이 내려앉은 그리움
사람 마음 봄비에 젖고
꽃비에 젖어
세월을 잡고 노래하는 모든 사물이
자연의 여인이라 이름 짓는다

봄비의 순결

봄처녀 순결함에
깊이깊이 젖어 오는 땀방울
흙속을 찾아 나온 옹달샘
생명의 영원한 꿈을 사랑하나니
말하지 않아도 빗줄기 장단소리
상상의 무한을 이루고
그리운 님의 얼굴 앞에
유정 무정의 세월도
덩달아 꽃이 되어 쉬어가나

사람의 꽃

인연의 향기

아주 먼 옛날부터
알 수 없는 인연의 향기
시간이 어루만지는 공간처럼
내 가슴 하늘에 떠 있나

세월의 발걸음 멈추는 곳에
낮에는 꽃처럼 보고
밤에는 별처럼 보며
날이 새지 않는 영혼의 꽃으로
꽃의 향기가 아니어도

아이야 학교종이 울린다

아이야 일어나라 아이야 일어나라
이제 더 눕지 말고 어서 빨리 일어나라
노랑나비처럼 날아라
하얀 향기처럼 날아라
아이야 너를 기다리는
봄날도 가지 못하고 울고 있단다

아이야 별도 달도 잠들지 못한
이슬 다 모은 영롱한 눈동자 속에
엄마 얼굴이 보이지 않느냐
바람소리보다 큰 한숨소리가
세월을 잡은 엄마의 가슴 속에서
산천을 이루어 메아리로 살고 있단다

아빠는 해가 되고 엄마는 달이 되어
말 없는 시간 속에 긴 꿈을 꾼
물속에 아이를 품고 있는
바위 같은 아빠 발길을 잡아봐라
바람 같은 엄마 손길을 만져봐라
아이야 학교종이 '땡땡땡'
학교종이 울리지 않느냐

53

세월 꽃향기

그리움이 가슴에 차오르면
살랑거리는 봄바람에 실어
뒷산에 연분홍 진달래 인연
맑은 눈빛에 담아 두고
푸른 이파리로 사랑을 피워 보리라

꽃이 된 시간이 가고
마음 하나 갈 길을 잃어
새벽길 고요함으로 불러보련다

산천에 얼굴
이름 모르는 꽃들을 불러 모아
님 오실 날 꿈속이라도 좋으니
어느 세월 꽃향기로 날아오려나

모양새 키재기

세월을 방황하는 낙엽
세상을 굴러 가는 도토리 낙엽 속에
도토리 위의 낙엽이나
모두가 똑같은 신세
물에 빠진 것보다
그래도 흙바닥이 나을까
바위틈에 아슬하게 몸부림치는
운명 바람 앞에
정신을 놓아버린 모습
제각각 흩어져 버린
도토리 키재기 사람들
그래도 살아가는 마음 하나
꿈에 고향을 찾아간다

사람의
꽃

제3부

인연의 빈 의자

인연의 빈 의자

길고 멀었던 세월가에
알 수 없는 들국화 향기
이름 모를 그리움 하나
눈빛에 거울을 달아 놓고
마음을 그리지 못한 어느 날 겨울
눈이 먼저 인연이라 부르니
조용한 바람결 어느새
내 숨결에 손길을 내민다

58

시인이 쓴 세월의 편지

산들바람이 세월을 맞이하는
색깔 없는 모양새를 아는가
사방 생명의 손발이 되어
쉴 새 없이 사랑을 나눈답니다

어느 곳에 흔적 없는 사연
징검다리 옆을 지나가는 물결처럼
세월이 지나가는 마지막 정거장입니다

바람처럼 자유를 부르다
구름처럼 사라질 삶의 이야기
사람의 꿈은 해와 달같이 넘어가고 떠오릅니다

달력 속에 피고 지는 인생살이
세상에 이보다 더 아름다운 꽃들의 색깔이 있을까요

세월 나그네

인생 걸음 문패가 없는
세월 나그네 이름 석자에
바람이 불어오는 어느 날
비에 젖은 꽃잎처럼
땅바닥에 향기 품은 눈물을 흘린다

흘러가 버린 이팔청춘 옛이야기 책에
아련한 추억 하나 천 갈래 만 갈래
어둠처럼 무겁다

초승달 희미하게 졸고 있는
마음 좋은 어머니 구름 속에
별 하나 빛나는 생의 눈동자
세상에 무엇을 보고 있으련가
날마다 날마다 날은 밝아 오는구나

60

님의 풍경

출렁이는 세월의 바다
작은 섬 하나 돛단배처럼
파도의 그리움을 품고
갈매기 울어 섞인
천상의 뱃고동소리에
높은 허공이 몸부림쳐도
날개 없이 꿈속에 님을 부르는
내 목소리 섬 안에 풍경소리로 맴돕니다

장미의 꿈

가슴 속에 뜨겁게 피어나는 열정
온몸을 타고 붉은 피로 흘러
한 송이 사랑으로 붉게 피어난다

거울 같은 푸른 언덕 빛에
세월의 얼굴 보이는 이 자리
그대는 장미꽃으로 활짝 피어올라
향기로 부르는 사랑의 찬가를 울린다

62

인생의 찬가

눈을 뜨고 세상 사는 날
눈을 감고 인생을 생각하는 밤
조그마한 귓구멍 꽉 막히지도 않고
눈곱만큼도 터져 나오지 않는
길 잃은 벙어리 벽이다

얽히고 설킨 사연 사연 어디에 숨겼는지
한 번 들어간 검은 소리 다시 나오는 법은 없고
무한한 길을 열어 놓은 삶의 욕심
무조건 앞만 보고 자꾸 가자고 밀어붙이는데
언제나 텅 빈 자리
무엇을 듣고 채워 나갈까

세상길에서 지친 돌멩이 걷어차는 내 속에서
아픈 고통 못난 설움 눈물만이 쓰다듬고
몸부림치며 들려주는 그 비명 붙잡은 손
해 뜨는 낮 가사를 쓰고 달 뜨는 밤 곡을 쓰며
되돌림이 없는 인생 희로애락의 노래를 만들어 간다

시를 쓰는 오월

하늘의 마음이 잘 보이는 산 위에 올라
내 마음 속에 두둥실 사랑을 띄워 놓고

말소리도 필요 없는
구김살 없는 햇살
욕심도 시샘도 없는
달빛 아래
비울 것도 채울 것도 없이
노 젓는 손길 보이지 않는 사랑을 흘려준다

64

오월의 여인

산자락 품고 오월을 꿈꾸는 흰 구름
푸른 들판을 달리는 물결 이야기 소리
향기 품은 바람의 노래
이슬방울도 울리는 자연의 숨결이다

꽃이 떠난 자리 봄날은 갔어도
님이 그려주는 봄날의 초상
생생한 꿈처럼 눈앞에 거울이 된 얼굴
보고 느끼고 듣는 대로 연인의 사랑이 된다

오월의 사색

오월의 푸른 빛 너울
맑은 눈동자 물결을 이루고
청춘의 그림을 산뜻한 색깔로 그려준다

늙어가는 인생길
숨 쉬는 공원이 되는 시간
사랑의 노래와 춤이 잘 어우러지는 한 판
꽃과 이파리가 손을 잡고
바람과 구름이 얼굴을 맞대며
자연의 꿈을 얼싸안은 기쁨이다

사람들 사이마다
미움도 증오도 없는 공간
인연이 청실홍실 엮어지는 사색의 마음이다

66

님의 노래

사랑은 철 따라 꽃잎처럼 떨어져도
그리운 향기 영원 만리 바람이 되어
텅 빈 마음 추억으로 채워가는
세월 속 인생의 노랫가락으로
스민답니다

밤마다 새로운 꿈길에서 인연이 되는 흔적들
나뭇가지에 앉은 햇살 그림자처럼
소리 없이 떠나는 나그네 발길일지라도
님의 숨결 생명을 돌보는
첫사랑 손짓이랍니다

눈물이 흘러내린 얼굴 너머로
출렁거리는 물결 속에
만질 수도 잡을 수도 없는 꽃 한 송이
님이라 부르지 못한 그리움
물결처럼 여울집니다

꿈꾸는 꽃씨

봄 땅에 꽃으로 피려고
세상에 웃는 꽃으로 피려고
사람들에 사랑으로 피려고
꿈꾸는 무언의 꽃씨 하나
그 생명 자연의 얼굴
꽃이 되어

68

인연의 꽃

사연 많은 인연의 색깔로
그리움을 그려 가는 사랑
세월의 가슴에다
맑은 바람의 손으로
그 님을 닮은 얼굴을
꽃처럼 그렸지만
산자락에 잠들고 싶은 메아리처럼
머무는 아름다운 님이여
어느 날 들풀 옆에
웃음으로 내려앉은 들꽃처럼
세상 이야기 사랑으로 품어주는
나의 인연의 향기가 되어
밤마다 꿈을 그린 님이었습니다

무색의 꽃

그리움이 바람 속에 숨어 울면
길 잃은 기러기 눈빛 속에
어둠에 묻혀 가는 희미해진 그 얼굴
견딜 수 없는 혼절한 세월의 모습으로 다가와
붉은 꽃물 수만 개의
무지개 꽃으로 피어올랐지만
향기 없는 몸짓 사랑의 춤이라 말하며
허공을 떠도는 그림자 님은 누구더냐

70

사람과 사랑 사이

사람과 사랑 사이
인연이란 품 안에서
사랑을 만들어 가는 꿈의 미로
누군들 보여준 이정표 앞에
이 산에도 저 산에도
안개 속에 숨 쉬는 이슬처럼
저만치 가버린 세월도 가고
사연도 가고 인연도 가버리면
골방 같은 마음에 닫힌 캄캄한 연정
거울 속에도 비치지 않는 사랑

사람의 꽃

인연의 그림자

인연은
오고 가는 나그네 발길
세상길에서 우연히 찾아온 만남
무엇을 가질 것인가
또 무엇을 버릴 것인가
인연이란 이름으로 사랑을 그리다가
아름답게 사랑이라 불리던 꽃 이야기
어느새 가을날 낙엽이 될 메마른 연정처럼

꽃씨는 영원한 생명의 향기로
그 사람 그 이름
내 마음 밭에 씨앗으로 뿌려져
내가 사는 동안 꽃으로 피련다

72

꽃 피는 사연

꽃이 피어나는 어느 날
빨강꽃 노랑꽃 색깔마다
시샘하지 않고 아름답게 웃고 있었다
들판에 잡초를 일편단심으로 바라보는
꽃의 눈빛을 바람이 흔들어댄다
척박한 사물일지라도 차별을 두지 않는
꽃 생애는 사계절 인연을 운명으로 가꾼다
흙 속에 뿌리내린 생명의 사연
세상을 바라보는 영원의 꿈길이다

시인의 종이배

길 위를 떠나지 않는 바람처럼
님의 품에 머무는 그리움
문풍지 없는 창가에 놓인 내 마음입니다

물 위에 떠가는 종이배처럼
하얀 심연의 진심이라고 말해도
곳곳에 바위를 굴려 주던 당신이었습니다

잠들지 못한 어둠 속의 눈동자
보지 않으려고 눈을 감아도
마음의 벽에 걸린 거울이 되어 나타났습니다

하루하루 눈물의 기도소리 들려오면
긴 세월이 흘러 갔을 때
님의 얼굴에 주름살을 보듬고 시를 쓰겠습니다

하얀 나비

사랑 자락마다 눈물방울
텅 빈 가슴에 채워 바다가 된다면
밤낮으로 해와 달을 품고
온몸으로 파도처럼 울고 싶다

사랑은 오만가지 색깔로 물들여지지만
그리움은 단 한 가지 색깔로
가슴에 숨어든 무색으로 그려진
소리 없이 찾아온 바람이려나

노래하는 꽃으로 피어나서
춤추는 꽃으로 지고 싶었던 그 날의 꽃잎에
눈을 감고 상상의 님을 부른 하얀 나비
철 지난 봄빛 향기가 이슬비에 젖는다

사람의 꽃

제4부

어머니의 세월

어머니의 세월

어머니를 닮아 가는 세월
어젯밤 어둠을 밝히는 달덩어리
눈물짓게 하는 그리운 눈동자
영원히 끊어질 수 없는 빛을 타고
세월의 풍선처럼 떠올랐습니다

어머니 머릿결에 밤새도록 내린 이슬
자식의 낮과 밤을 가리지 않고
구름에 마음 실은 하늘처럼
옛날 이야기가 흐르는 시냇물에
사랑의 날개를 배처럼 띄워주셨습니다

어머니의 치맛자락 돛대 달고
어머니의 저고리 옷고름 삿대 저어
사방천지 어디를 가더라도
길 일러 준 맑은 물길처럼
굽이굽이 흘러가는 삶의 여정이었습니다

바람소리 들리지 않는 날이면
어머니 숨결을 느낄 수 없어
지나온 세월의 산을 바라보고 있노라면

어느새 비구름 나뭇잎에 내려앉아
계절을 잃은 새 한 마리 눈물로 노래합니다

파도의 영혼

모래들이 그리움을 숨죽이고 있는 바닷가
하얀 파도들의 춤추는 몸짓에 매달린 아우성
생명의 끊임없는 노랫소리
울고 웃는 사랑과 환희하고 한탄하는 세월
내 몸 부서진 사랑이여 그리움이여 이별이여
밤낮으로 억겁을 숨 쉬는 예술의 서사시여
영원한 추상 속에 꿈꾸는 청춘의 영혼이여

80

세월의 풍경

밤에는 달빛을 품어 돛대 달고
낮에는 햇빛을 잡아 삿대 저어
뱃고동 목청 돋워 되도리표 없는 노랫가락
사랑의 설렘을 그려내는
파도야 파도야
네 속을 알리요
네 모습을 담으리요
시인이 아니면
화가가 아니면
밤새 꿈속에서나 시인의 생각과
화가의 눈 속에 한 시절 풍경으로 살자구나

동해바다

사람 사는 땅이 그렇게 좋더냐
세상 길 옆구리에 매달려 애곡하는 동해바다 물결
몇 절 굽이 마디를 이어 부른 역사의 가쁜 숨결
환희를 깨우는 일출의 붉은 손짓을 따라
세월의 흔적도 버릴 수 없는 운명
오늘도 푸르고 푸르다

82

불국사의 풍경소리

천년 넘어 꿈꾸는 소리가 들려오는
구름 속에 산새 집을 짓는 토함산 메아리
불국사의 신비를 이룬 풍경소리 울리는 밤
산에도 들에도 내리는 이날의 빗줄기처럼
향기를 품은 세월 따라

인생길 생로병사 희로애락을 살피는 여정들이
고이고이 그 옛날 나를 불러
한없는 억만 겁의 상상을 깨고 나와
모든 것이 인연이라
이슬 한 방울 비 한 방울 바람 한 점
햇살 한 줄기
내 마음에 내려앉아
세상을 향해 불국사의 풍경소리 바람처럼 울린다

부산 항구의 전설

뱃고동 울음 품고 뱃머리 동백섬 안개 걷히면
어느새 태종대 저 멀리 펼쳐진 파도가 부른다
바닷길에 시인처럼 상상의 꿈을 던지고
하늘에 소원하면 영도다리 이름 하나
사연사연 붙잡는 등댓불은 그리움을 내려놓는다

얼마나 사랑이 떠나야 갈매기의 울음이 그칠까
쉴 수 없는 물방울이 여울져 운다
만장의 추억만이 구름 속에 피어나고
물빛을 몸속에 핏물처럼 느끼며
세월의 뱃길 위에 살았다

낯선 항구 인정 서린 곳 물결 따라 한평생 한숨에 담고
달님이 품어주는 거친 세월 파도 따라 솟아오른다
별 하나 깜박일 때
부산 항구 노을빛에 눈감은 전설이
갈매기 날개 같은 어머니 손사래짓에 그 세월을 그려본다

여인 꽃 논개

세월의 그리움이 흘러가는 남강에 비가 오면
지금도 여울지며 뒤돌아보는 물결
오늘 이 자리 그 마음으로 비가 내린다

가슴에 설움을 싣고
이제나저제나 사공을 기다는 나룻배처럼
햇살 풀어져 노을빛 물들면
민족의 뱃길을 열어 가는 달빛을 부른다

물결의 향기 썩지 않는 영혼의 꽃으로 피어올라
꽃잎처럼 춤을 추며 바람에 날려간 논개의 숨결이여
그날의 못다 핀 사랑 세월 속에 피어난다

님을 찾아온 파도

한숨도 잠 못 이룬 어젯밤에
무엇을 그리 말하고 싶어
철썩대는 너의 입술로 상상에 그리운 바위를 치밀며
까만 어둠 속에 벙어리 속 타는 노랫소리 울렸느냐

오늘 낮에는 늙지 않는 물결 자락
손에 손 잡은 그림을 그리며
사랑놀이 술래잡기 파도 속에 숨긴 채
맑은 눈동자 입에 물고 하얀 웃음꽃 춤을 추느냐

길고 먼 날의 영혼을 불러온 세월에 얽힌 약속된 사랑
숨김없는 진실을 밤낮 쏟아 낸 파도의 몸부림
어느 미지의 세계에서
님을 찾아온 꿈이런가 하누나

86

바다의 꿈

밤새도록 바다 달덩어리를 품고
내 마음 속에 사랑을 가득 담아도
무엇이 꿈인지 무엇이 생시인지
세월 한 조각
자욱한 안개비에 가려진 채
인생길 삶의 멍에
어디다 채울까
어디다 내릴까
눈먼 지팡이 귀로 들을 수 없어
먹구름에 가려진 초승달처럼 눈을 감고
빗줄기 속에서 세상 어느 곳의 님을 바라본다

불멸의 사랑

그대 사랑이 얼마나 깊으면
그런 눈동자로 타오르나요
햇살 눈부신 여름날 느낌으로
온몸을 태우는 그리운 땀으로 적신다

식지 않는 그대의 뜨거운 입김
갈 길 먼 바람도 갈라 세우며
꽃밭을 이루는 사랑의 약속이 되어
세월의 향기 금빛 얼굴로 피어오른다

찬란하게 빛나는 불멸의 노래
숨 가쁘게 쏟아내는 그대 이름
그 길에서 변함없는 영겁의 세월
어찌 태양이라고만 부를 수 있겠소

사랑의 거울

먼 날을 돌아온 세월
시인은 자연의 품 안에서 잠들지 못하고
님을 찾는 파도의 하얀 눈동자를 보았습니다
멈추지 못하고 사방 속에 님을 부른
바람의 메아리 소리도 들려왔습니다

형체 없는 멍에처럼 등 뒤에 추억이 되고
눈을 뜨면 꽃잎 속에 그리움 찾는 나비가 되어
육신의 미련 하나 잠들지 못한 눈으로
새벽 같은 영혼의 거울을 들고 진실을 말해도
먹이만 찾는 짐승처럼 자연의 소리를 듣지 못했습니다

눈먼 지팡이 세상 길 아무리 두드려도
세세영겁 사랑을 노래하는 숨은 그림
조약돌 영혼의 꽃 같은 내력인들 어찌 알겠습니까

예술의 향기

자연의 생명
그 꽃을 즐기며 행복을 누리는 것은 사람이고
그 꽃을 아름다운 사랑으로 만들어
영혼의 향기로 풍기게 하는 것은 예술이다

자연이 주는 자유의 사랑을 품고
한 치 앞에서 세상의 삶을 꿈꾸며
세월을 사람의 노래로 만드는 인생길
눈으로 볼 수 없는 창조의 자료를 찾아 헤맨다

예술가는 자연의 마음으로 살며
사람을 사랑하는 차별 없는 꽃 같은 향기로
생각과 마음 사이로 불어 가는 바람결이니
쉴 새 없이 느끼고 깨달은 공간의 연인이 아니겠는가

90

조약돌 꽃 한 송이

영겁의 기도소리
세월이 남겨 놓은 비밀 남겨 놓고
절절한 소망의 씨앗
달빛에 피어나는 꽃이 된 자연의 진선미다

신비의 고운 사연
그 여인 눈망울 닮은
조약돌 꽃 한 송이 끝끝내 피운다

세월이 흘러 갈수록 신비로운 조약돌
사방천지에서 불어오는 봄 여름 가을
화폭에 약속된 그림처럼
그대와 나 조약돌 무늬처럼 사랑을 그려간다

꽃이 춤을 춘다

자연이 마련해 준 자리에
바람 같은 숨소리를 고르고
하늘을 보고 구름을 품는다

마주 보는 얼굴 얼굴에는
한 계절 피고 지는 숙명 안고
말 없는 표정 속에 꿈을 찾는다

서로서로 마음이 달라서일까
색깔마다 다른 향기 품어내지만
한 번 피어난 꽃의 웃음은 모두모두 닮았다

황홀한 아름다운 기쁨으로
향기로운 행복을 새롭게
꽃들이 몸을 날리며 사랑의 춤을 춘다

사랑의 풍경소리

세월 품은 먼 산등성이에
운무가 꿈을 꾸는 자리
수묵화가 숨은 이야기를 그려낸다

바람에 흔들리는 이파리
자연에 말하는 몸짓을 보며
인생 그리움 노을빛에 타오른다

한 걸음 한 걸음 행복을 달리던 시간들
이름 모를 바람소리 따라
님을 그리는 내 마음
처마 끝 풍경소리처럼 울린다

가을 전주곡

봄은 어젯밤 꿈속에 머물고
아직 여름날 열정
중천 하늘에 매달려 있는데
사색의 편지 가져올 가을 손님
청산을 닮은 소슬바람 말굽에 싣는다

밤새 여름을 잡고 울어대던 빗소리
산천초목 가슴 속에 눈물을 맺고
코스모스 길에 자리 잡은
비단실 같은 햇살 한 모금
뜨거운 햇살을 식히는 손길로 온다

94

개구리 울음소리 시내 물결에 여울지고
부엉이 목청은 숲속을 깨우니
힘 빠진 매미 가슴 나무 등에 매달릴 때
귀뚜라미 밤새도록 풀잎을 입에 물고
가을 가는 길가에 님 마중 전주곡을 부른다

청춘인생

눈을 감고
바람 속에 숨어 울던 빗줄기
땅바닥에 스며들지 못하고
내 가슴 속에서 눈물 되어 흐른다

고개 숙인 들풀의 서러움을 대신
울어 주는 빗소리
사랑도 미움도 섞어버린 무상의 몸짓
세월도 불러보는 노랫가락 흐른다

삶의 그늘 속에 늙어가는 인생살이
말 없는 눈동자 속에 서성이는 청춘 그림자
망연히 떠도는 빗방울 소리
임자 없는 나룻배처럼 떠간다

삶이 가는 길

저 넓은 하늘의 달빛 하나 찾아 나서는 소망
앞만 보고 어둠을 넘어
상상의 거울이 그려 가는 얼굴
넘어지고 쓰러져도 뒷걸음질 망설이지 않고
동트는 길이 꿈속에 떠오를 때까지
이 몸뚱아리 소처럼 걸어서
구름처럼 날아가는 마음의 날개 달아
세상살이 무거운 멍에
세월 바람에 싣고 동행하면
산새 노랫소리 산천의 가슴을 울리고
들판에 풀벌레소리 알 듯 모를 듯
꿈속의 이야기 엿들으며
온종일 삶을 지키는 허수아비
텅 빈 마음에 사람의 사랑
바람의 흔적으로 다가가면 어떨까

96

제5부

무지개 꽃 사랑

다대포 춤가락

인생이란 한밤중에
한판 돌아가는 꿈속의 춤이라
제멋대로 놀려대는 몸짓
그래도 누구 하나 닮은 동작 없고
파도가 메아리 치는 다대포 춤가락
그 영혼 뉘라서 흉을 내겠는가
먼 바다 사랑이 밀려오는 뜨거운 열정
내 가슴에 그 사랑 그리운 꽃으로 핀다

파도 타는 갈매기 날개에
손님처럼 내려앉은 구름 한 조각
세상살이 사연 알리는데
이 바다에서 무엇을 얻어 갈까
그림을 그리는 물빛 따라
시를 쓰는 햇살 같은 손길이 아름답다

98

소망의 꿈

날마다 날마다 두 눈 부릅뜨고
소망을 꿈속에서도 부르고
육신에 목마름을 살게 하는 돈
영혼의 목마름을 살게 하는 물
어둠을 뚫고 나뭇잎에 내려앉은 이슬
어둠을 품어 버린 하얀 구름
둘 다 둘 다
욕심 없는 사랑을 살게 하는 생명의 숨소리로
낮은 곳으로 흘러흘러 가는
물이 되어 살아가면 좋겠다

밤바다

세상 가는 어느 세월 따라 왔느냐
사람 찾는 어느 사랑 따라 왔느냐
별 하나 등대 삼고
노 젓는 뱃노래 달빛
바람결에 전해지는 영혼의 편지
그림자 옆에 사연 펼친
모래알 수나 헤아려 볼거나
정성스민 손으로 만질 수 없는
가슴 속에 쌓인 정
날마다 날마다 쉴 새 없이 손잡은 인연
끝없는 그리운 꿈을 잡는다

100

사랑의 진실

용서할 수 없는 사람이 있으면
밤바다를 봐라
사랑하기가 어려운 사람이 있으면
밤바다 파도를 봐라
사랑 하나 깊게 물들이며 아우성치는 바다 빛의 영원
자연이 가르쳐 준 본능의 아름다운 연애편지다
밤바다 파도를 바라보는 그 연인이 되라
그게 천만 마디 말보다
검은 밤에 하얀 말을 하는
파도는 연인의 진실이다

시인의 자연이다

시는 머리와 지식으로 과학과 기술로 짓지 않는다
시는 자연이 시키는 대로 연필이 간다
시는 상상이 말한 대로 향기가 난다

저 눈물 속에 저 웃음 속에
거울을 달아 놓고 비춰본다
인생 희로애락의 언어를
생명의 물결처럼 춤추며 노래한다

바람처럼 차별 없는 손길로
햇살처럼 따뜻한 눈빛으로
양지에도 음지에도

시인은 인생길 생로병사와 희로애락
시대정신을 보듬고
그 너머 영혼을 그려 가는
세월이 그린 자연이다

달마중 가잔다

들꽃의 머리 위에 사람의 마음 속에
한가위 달빛 반가운 손님으로 찾아온다
해년마다 찾아온 보름달
내 눈썹에 초승달 걸어 놓고
일 년을 소리 없이 구름에 실려 온 길
꿈을 주는 영혼의 신앙이 된 꽃으로
어머니 얼굴이 달이 되어 떠오른다

사람마다 소원을 담아 줄 그리움
둥근 달을 닮아 가는 맑은 진실
마음 속에 하늘보다 먼저 보름달을 걸어 두고
고향의 향수를 물어본다

누구에게도 차별 없는 달빛으로
가난한 집 지붕에도 부잣집 담장에도
달처럼 순하고 부드러운 사랑으로 살자고
세상 길 똑같은 소원 비춰주는 한가위
달달 보름달 어머니 얼굴처럼 고운 달마중 가잔다

한가위 사랑을 그린다

파란 하늘에 하얀 구름 펼쳐 놓고
우리 누이 눈빛 같은 햇살
고향 집 빨간 감나무에 내리기 전에
소망 담아줄 그릇 한가위 마음을 그린다

세월 품은 풀벌레 소리 장단 맞추어
공중을 무대 삼아 춤추는 고추잠자리
가을이 오는 소리 날갯짓에 선율한다

들꽃마다 손짓하는 설렘도
허수아비 참새 쫓는 무정 유정에
밤낮으로 한가위 찾아오는 달그림자
사랑이라 이름 짓고 둥글게 달아 놓는다

세월보다 긴 이름 어머니

생시에는 어머니 옷자락을 만지고
꿈속에서는 어머니 걸음걸이를 밟으며
영혼에서는 어머니 마음을 만지며
세상보다 넓은 어머니의 가슴 속
어딘들 비쳐가는 내 눈동자에 가득히 모아둔
높은 산 같고 긴 강 같은 어머니의 그리움을
바람처럼 그려갑니다

코스모스 얼굴 위에 한들거리는 가을 향기 싣고
그 옛날 어머니가 가마 타고 시집오던 길
연지 곤지 찍고 새로운 인생살이 꽃이 되던 날
한세월 사계절 소나무 뿌리 같은 발걸음으로
어둠 품고 세상에 떠 있는 달님 같은 마음으로
자식 농사 깨알처럼 흙 속에 보물처럼 묻어 놓고
호밋자루 손길에 세상길을 닦아 주시며
벌 나비 꽃밭에 날아올 소망 하나 뿌렸습니다

사람의 꽃

어머니 사랑 보름달

물은 마시면 마시는 대로 줄어들지만
어머니 그리움은 채워도
허기진 뱃속에서 어머니를 자꾸자꾸 부릅니다

흙 속에 샘물은 가뭄이 들면 마르지만
어머니 사랑은 흘러도
넘치는 눈물 속에서 어머니를 그려갑니다

손끝에 전해지는 어머니 숨결 만지면 만질수록
어느새 내 심장에 뜨겁게 달아오르며
둥둥둥 큰 북소리를 내는 노래하는 생명이 됩니다

순정의 세월 길을 운명이라 여기며
사랑으로 만난 자리 인연의 꽃을 피우기 위해
새 각시 그 마음 꽃씨로 만들었습니다

뜨거운 햇살이 석양 하늘에 걸린 사연
자식을 위한 어머니 마음을 풀어 놓았을까요
저편의 하늘을 바라보니 추석달 보름달이 뜹니다

가을의 소리

여름날 뜨거운 그리움 씻어 내느냐
사색의 마음 적시며 하늘에 매달린 마음
흰 구름 눈물 되어
세월 찾는 길을 묻는다

햇살의 꽃이 진자리
단풍으로 물들어 갈 꿈을 꾸고
나뭇잎에 빗방울 내리는 소리
울긋불긋 익어 가는 사랑의 설렘이 웃는다

맑은 눈으로 님의 편지를 그리고
가을 가는 바람 밝은 귀를 열어
들풀 같은 풋내기 시인처럼
자연의 운향을 제멋대로 피워낸다

세상 길

먼 데서 바람 불어와 가을을 품는다
하늘 아래 생명의 노래
단풍으로 물들어 갈 꿈을 꾼다
철 지난 계절 추억을 부여잡으면 내년이 오지만
사람 길 지나고 나면
흔적 없이 사라지는 허공의 그림자이다
어느 실력자 능력자도 찾아가서
되돌아올 수 없는 시간들
너도 나도 이 세상에서 세월 길 가는

나그네가 아니더냐
서로 사랑을 위해
달처럼 밝게 비쳐 살고
해처럼 따뜻하게 품고 살며
물처럼 맑게 흐르며 살고
바람처럼 시원하게 같이 소통하며 살자꾸나
언제까지 먹구름으로
푸른 하늘에서 심통을 부릴 것인가

108

바람개비 순정의 꽃

가을비가 파도를 타고
세월의 꿈을 향해 노래할 때
구름을 품는 산처럼
말하지 않아도 우리는 서로를 느껴 가는
조용한 대언자가 되었소
당신의 마음 속에 벽시계처럼 걸어 놓고
떠나온 사랑의 맥박소리
바람이 부는 대로 돌아가는 바람개비 순정
내 가슴에 꽃으로 피워내
산을 넘고 강을 건널 수 있는 그리움 하나
긴 나날 님을 부르는 메아리 울림을 가져갑니다

사람의 꽃

인생 청산처럼 살며

언제나 그 자리에서 피고 지는 자연의 순리
묵묵히 가는 세월 어디로 가는지
잘난 사람도 말 한 마디 못한다

넘치고 흘러버린 탐욕
또 무엇을 더 채울까 고민하는 머릿속
중천 하늘 햇덩어리보다 더 뜨겁다

숨 가쁘게 달려오다 넘어진 상처
허공의 뜬구름 떠나가는 몸부림
무엇을 남기고 갈까 누구에게 물어볼 사람이 없다

세상의 품안에서 한판 웃고 우는 날들
누구에게 아픔을 주었는지 한 번쯤 기도하고
청산처럼 그 자리에서 살다 가잔다

무지개 꽃 사랑

땅에 스며드는 빗물처럼
그날의 그리운 세월을 이야기하며
님의 숨소리로 내 가슴을 적신다

메아리처럼 울림을 마셔도
이파리에 내린 햇살 한 모금 갈증
장맛비와 같은 여름날의 입술이 탄다

눈뜨면 천릿길 만릿길 구름에 노닐고
눈 감으면 바람결에 흔들리는 꽃잎의 춤가락
님을 찾아가는 꿈의 나라 그려 가는 가슴이 좁다

날이 가는 뒤안길에 남은 흔적
사랑의 씨앗을 뿌려 놓은 향기
소망 싣고 공중에 오른 무지개 꽃 피어난다

가을빛 사색

대낮 햇살이 내 머릿결에 내려앉아
님이라 부르며 머리 빗는 손길
저녁 이슬이 내 발등을 적시며
사랑이라 그리며 그리움 적셔 주는 입술

맑은 산천 바람소리
향기 품은 들꽃의 마음 실어
시냇물에 비쳐 보는 이야기
구름 따서 여인의 서정을 그려 놓고

해 질 무렵 석양빛 따라
논두렁 줄기 풀벌레 울음소리
먼 산이 손님으로 얼굴을 보이고
가까운 산처럼 품어주는 가을빛 사색

112

보름달이 가고 있다

마음에서 얼굴로 입으로 불리는
님마중 맞이했던 그리운 노래
구름 타고 오고 가며 펼쳐지는 꿈
사람마다 빌어 보는 소망
추석 보름달 저렇게 품을 수 있을까

이제는 달도 가고 세월도 가고
가슴 가슴에 잡지 못할 흔적만 남긴 채
말 없는 기약 속에 어느 세상으로 가나
달빛 품었던 물결에 물어볼까
어둠의 눈빛 달맞이꽃에 물어볼까

세상의 숱한 사연 달빛에 적셔 주던 그리움
흩어진 생각들 가을 하늘에 붙잡아 매어
순수하게 부서지지 않는 유년의 빛깔로
그날만은 저 달덩이보다 커진 마음으로
보름달은 가고 있어도 사람의 역사는 남아 있다

꽃밭의 노래

님은 갔어도 나팔꽃처럼
사랑한다 입 벌린 그 여인
그늘에 가려진 그림자로 갔어도
인연 잡은 세월 새벽안개처럼
그리움 갔어도 가면 쓴 진실은
꺼져 가는 가로등불 속에
부끄러워 얼굴을 숨기고
날이 샐까 두려워
먹구름 빗줄기처럼 운다

낮에는 붉은 장미 밤에는 흑장미
아름다운 꽃의 진실 향기 품고
꿈속에도 사랑했노라
색깔마다 펼쳐 보인 나비 날개
온 몸짓 춤이 된 언어로
영혼의 거울 속까지 사랑을 그려 놓고
아직도 하얀 물결은 한 몸으로 흘러가고
님이 남긴 꽃밭의 선율
지금 어디에서 노래 부를까

114

꽃이 된 이름

자연의 색깔들이 깨어나는 아침
봄바람을 맞는 매화 소녀
손가락을 흔들어댄다

눈 닿는 곳
개나리 속삭이는 언덕 아래
오매불망 봄나물 설렘이 얼굴을 내민다

온종일 꽃잎 편지 쓰고 있는 초목
푸른 빛 물소리에 그리움 실어
봄처녀 노랫가락 마음을 두드린다

바람 사이 숨바꼭질 이파리에 숨어
그리움을 향한 묵언의 기도로
님은 정녕 봄 향기로 여기 오는가

산에도 내려앉아 산새를 부르고
벌 나비 날아들어 사랑이라 부르니
꽃이 된 이름으로 사람이 대신 웃는다

115

사람의
꽃

제 6 부

자연의 언어

사랑하며 살지요

세상 사람들이 있는 곳에
누군들 다 이길 수 있고 말할 수 있어도
져주고도 살고 참고도 살지요

저 사람을 미워하고 싫어할 수 있어도
속아주고 눈감아주며
사랑하고 감싸주며 살지요

어느 것 하나 몽땅 다 가질 수 있어도
감나무 까치밥 홍시처럼
가장 달콤함은 남겨 두고 살지요

나 혼자 살 수 없는 이 넓은 세상
많고 많은 사람 가쁜 발소리 들으며
동행하는 기쁨으로 살아가지요

시인의 자유

무색무취로 허공에 매달린 형체
눈에는 보이지 않으니
어찌 세상을 보고 산다고 할까

빨주노초파남보
무슨 색깔로 물들어 갈까
색의 원소인 검은 빛 속에서 다시 꿈을 꾼다
악기에서 울리는 음악소리
바람 속에서 울리는 자연의 소리
마음에서 울리는 사람의 소리가 운다

사계절 향기를 그리는 시인의 눈빛으로
자유를 찾아가는 시심의 바람 모아
구름 한 조각 떼어 내어 시 한 수 실어 보낸다

자연의 언어

봄날에는 꽃들과 살고
가을날에는 별들과 살며
세상에 검게 머무는 상념들을
하나하나 꺼내어 입술에 깨문다

살 맛을 가져가는 무리들
눈동자에 짓밟으면 눈을 꼭 감고
숨도 못 쉬고 아우성쳐도
풀벌레가 운다고 세월이 머물더냐

자연을 닮은 언어 가운데
사랑을 나누는 노래를 골라
이 가을날 단풍의 사이처럼
사람의 마음 곱게도 물들어 보자구나

120

가을 길 인생 여정

생명을 꿈꾸었던 봄은
아지랑이 고향 땅속에서
아가의 숨결처럼 일어나
꽃의 향기로 세상을 말하더니

가을은 바람의 노래로
푸른 하늘 흰 구름 달빛 속에서
어머니의 치맛자락처럼 휘날리며
단풍의 향기로 세월을 풍기며 온다

자연의 섭리를 만들기 위해
꽃잎이 얼마나 피고 졌을까
곱게 물든 단풍잎 낙엽이 가는 길
차가운 이슬방울 발걸음에 묻히면

철새도 날지 않는 어느 여정 속
하얀 눈사람 내 마음인 듯 만들어 놓고
또 그날이 올까 꿈을 꾸는 자리
오지 않을 인생 뒷길 고요한 밤에 흐른다

길 떠난 손님처럼

바다를 이루는 물결
한 곡조의 노래처럼
자연을 찾아 드는 소리
한 몸이 된 생명의 사랑으로
먼 길을 돌아 바위를 품는다

하늘을 날아다니는 바람
만물의 소리로 움직이는 손
보이지 않는 영혼의 빛이 되어
삶의 가슴을 뛰게 하는 숨결 모아
그리움을 보듬는다

철 지난 어느 때라도
길 떠난 손님의 뒷모습에
사라진 그림자처럼 흔적도 없는
인연이라면
물 한 모금 바람 한 자락 어디서 맛볼까

소나무 사랑으로

봄날에 무수한 꽃
나비는 향기 물고 날아가는데
화무십일홍 세월 앞에 얼굴을 감춘다

여름날 울창한 산천초목
찬란한 가슴을 파고들던 메아리
푸른 이파리 입에 물고
구름 속에 숨어 버린다

가을날 단풍의 꿈을 꾸던 오색 빛깔
세월 이야기 찬바람 소리
이파리에 물들인 정
낙엽 되어 잡초에 묻힌다

겨울날 어머니 마음처럼
사시장청 소나무 푸른 빛을 마음 삼아
하얀 눈밭에 피어난 동백꽃 열정
꽃 중에 가장 붉은 빛으로 타오른다
사계절 절조의 나이테를 품은 소나무 앞에 서 보라

늦지 않은 청춘

홍시처럼 붉게 달아오른 심장
공중에 매달려 대롱대롱 북을 친다
단풍 꿈을 이룰
나뭇가지에 걸터앉은 햇살도
바람의 몸짓 따라 가을을 품는다

곧 터질 것 같은 풍성한 조각
그 여인을 만나러 가는 길가에
어젯밤 이슬 한 모금 젖어 달빛에
그리움을 그려 가던 연분홍 코스모스
사랑을 불러보는 세월길에 청사초롱 눈동자로 나를 본다

124

늙지 않는 청춘
마음 속에 해와 달이 살고 있으니
어느 길에 구름이 멀다 바람이 멀다 하리요
산을 넘고 강을 건너 저 하늘의 날개 되어
어느새 부서지는 하얀 파도 꽃을 이루는 바다가 보인다

가을의 소원

세상 따라 내 마음 어디로 가나
가을 길은 눈앞에 서 있는데
꿈속에 갇혀 버린 인생
누굴 위한 사연일까

궁금한 것도 많고 할 일도 많은
삶의 얼굴 속에 숨어 있는 꿈들
철 따라 햇볕이 내려와도
마른 풀 옆에 나그네 꽃 한 송이 피지 못한다

수시로 비에 젖고 바람에 흔들려도
언제나 혼자 울고 우는 낙엽처럼
무엇을 이룰까 무엇을 버릴까
이 가을의 소원은 사람을 닮아간다

125

사람의 꽃 |

짝사랑 가을

들판을 내 집 삼아
달빛 그림자 손님의 눈빛으로
귀뚜라미 독창에 맞춰 풀잎을 품고 노래하는 풀벌레소리
사랑을 부르는 그 이름 어디에서 만나볼까

교신하는 텔레파시 바람의 손에 매달린 음성
검은 어둠 속에 색깔을 찾아내어
신비함을 그려가는 저 자연의 환청에 이슬방울이 울린다

가을 향기 쉬어 가는 이야기를 풀어 보니
흙내음 속에 물안개처럼 피어올라
세월의 고된 하루 발길이 되어 준
잡초의 숨결이 세월을 품는다

어린아이 내 동무 푸른 땀방울로 젖어 오고
키 큰 코스모스 다리 밑에
들꽃 수줍게 이슬 머금은 미소를 짓는다

사랑은 꿈속에서도 산다

사람 눈에 보이지 않는 진실
손닿는 곳에 있어도 만져 볼 수 없고
햇살이 떠오르면 발길 그림자같이
말없이 드러냈다 숨겼다 하는 사랑
향기 없는 꽃송이 씨앗인들 무엇하리요

산천에 꽃이 피고 지는
그 사연을 나무가 알 수 없고
벌 나비도 모른다고 날아가는데
사람은 꿈속에도 세상이 있으니
누가 그 속을 알까나

밤낮으로 그리움을 부른 메아리
푸른 가슴 산자락에 울리지 못하고
바위에 부딪혀 강물에 흘러간 여울
바람도 힘이 빠졌는지 흔적 없고
푸른 이파리 같은 시 한 줄 구름에 걸리는구나

잡초 속에 이름을 숨긴 들꽃처럼

자연 속에 잘 익어 가는 과실의 맛처럼
사람도 이 가을의 향기가 되어
심오한 시향처럼 깊어
인생도 그렇게 늙어갔으면 좋으련만

강물에 비친 세상의 마음
이름도 성도 없는 추상화처럼
아름다운 꿈의 인생길 찾아
열 손가락으로 잡으려 해도 물처럼 흘러버린다

한 세상 살아가는 세월 길에
사람의 사랑으로 살아가면 어떠하리
죽음 앞에 그 탐욕 죄뿐이니
잡초 속에 이름을 숨긴 들꽃처럼 살라 하네

마음 속에 피는 꽃

님의 얼굴 보이지 않으면
이파리 돋을 때 마음 속에 걸어 둔
살아 숨 쉬는 내 눈동자는
햇살처럼 달빛처럼 자리만 바꾼답니다

님의 목소리 들을 수 없을 때
산천을 울리는 메아리 불러
새처럼 노래하는 내 입술
자유의 바람 타고 무지개 피어 오른답니다

님의 부름에 깊은 잠에서 깨워
가슴에 타오르니 꽃이 되어
앞으로 얼마나 먼 길일지라도
둘도 없는 발걸음 영생의 파도처럼 웃고 갑니다

꽃처럼 피어난 얼굴

사랑의 길 비에 젖은 가로수
운명의 햇살이 내려앉은 기쁨
소원을 빌어 기도할 때
내 영혼에 향기처럼 피어나는 노래였다

날마다 그대를 그리워하는 가슴에
짙게 물들인 저녁 안개처럼
고요한 세상 나를 찾아와
방안에 홀로 타는 외로운 등불이었다

잠에서 깨어난 기다림의 진실
새벽처럼 맞이하는 어느 날
끝끝내 어둠을 이겨낸 꽃
사랑의 약속을 지켜준 그대의 얼굴이었다

님을 부른 이 밤에

이리저리 굼벵이처럼
생각도 없이 잠을 잡고 뒤척이며
그 사람 눈 속에 다 담을 수 없어
가슴 속에도 이불 속에도 숨긴다

이 두꺼운 어둠을 뚫고
눈길 하나 없이 전해지는
환상이 울려지는 노래
저 귀뚜라미 소리가 부럽다

사랑보다 나은 긴 전율
영감의 신비로운 바람 길을 따라
님도 부르고 사랑도 나누며
외로움도 그리움도 저 음폭에 올려놓는다

131

그리움을 만나는 날

오월 이 날이 오면
사방 산천에 살던 바람 따라
봉화산에도 메아리가 울립니다
오월 이 날이 되면 하늘에 떠 있는
봉화산 이슬방울 목청 돋아 웁니다
마음이 가난한 자 텃밭에
노무현 정신을 심고 갑니다
성전 앞에 헐벗은 거지를 예수처럼 보라
노무현 정신이 아닐까
하늘에 묻습니다
산 자가 죽은 자 따르는 날
해년마다 새롭게
오월 이십 삼일
그리움을 만나는 날입니다

132

노무현의 봄

산천의 들꽃에게
노무현이 외칩니다
정치하지 마라
정치는 바다를 두려워 하지 않는
이슬 같은 사람이 해야 한다
들꽃의 얼굴을 만지며
들풀의 마음을 손잡고
물이 되어 바다로 안길
사랑이 없으면 정치하지 마라
정치는 지식의 실력으로 하는 게 아니라
정치는 사랑의 실력으로 하는 것이다

꿈이 된 광주의 세월

걷지 못한 시간들
아직도 어둠을 넘어
새벽 별을 만나지 못했다
쌓이고 쌓인
꿈이 된 세월
5.18 하루가
반백년 가까운 시간
아침에 밝은 빛으로 일어날
이름이 되어
세월을 잡고
민주 품에서 산다
해가 지지 않는 그날부터

134

사람의 길 따라

책 앞에 서면 글자만 보이고
꽃 앞에 서면 꽃만 보이고
바람 따라가면 바람이 되고
물 따라가면 물이 되고
오월의 사랑을 만나면
사람의 노래가 되고
5.18 시간을 걸으면
세상이 보인다

해운대 파도야

저 해운대 파도 얼마나 달려왔을까
해운대 모래밭에 하얀 거품으로
가쁜 숨을 내려놓는다
먼 어느 바다 한가운데서
땅이 그리워
태풍으로 몸부림치다
어쩌다 지나가는 배에 기대어
외로웠던 가슴 울어버린 파도야
낮에는 해의 뜨거운 손길 따라
이정표 삼고
밤에는 달빛의 밝은 눈빛 따라
등대 삼아

작은 별까지 떼어 놓지 못하고
하늘을 품은 시간 멈추고
갯바위가 든든히 지키고 있는
빨간 동백섬을 사랑하라
뱃고동 소리 해운대 갈매기 합창을 들으며
세월처럼 쉬어 가라
사람의 땅을 찾아온 해운대 파도야

제 7 부

민들레 땅

해운대 동백섬

푸른 바다를 바라보고
온종일 님을 기다리다 붉게 타버린 동백섬
오륙도 등대불도 졸고 있는 밤

님의 소식인 양 파도소리 타고 갈매기 날아와
목 메인 소리까지 붉게 물들었구나

꽃이면 다 사랑일까
열흘도 못 기다리고 지고 마는 사랑은
동백 앞에 어이 부끄러워 일찍 지고 말 때

이제나 저제나 오실까 남쪽 바다 바라본 세월
몸과 마음이 변함없는
동백꽃 연정의 단심을 뉘라서 알까

늦가을에 피었다가
아무도 피지 않는 엄동설한에
하얀 눈을 덮고 봄날까지 기다린 게 죄일까

쌓인 눈이 녹아내리니 동백의 눈물인가
동백꽃 지고 나면
님은 그때 오시려나

오월의 초대

그대 보소서
지금 그대에게 보낸 편지는
계절의 여왕이 선물한
파란 사랑을 그려 넣은 초대장입니다

파란 사랑의 대잔치
그대 오신다면
붉은 넝쿨장미 울타리 넘어
만발이 피워놓고 마중하겠습니다

산 소년을 찾아

산을 닮은 소년을 보았습니다
숲 같은 푸른 향기 젖은
바람의 손잡고 하얀 웃음 쏟아내는 폭포처럼
이곳저곳 온종일 토끼처럼 뛰고
새처럼 노래하는 산 소년
붉은 노을 안기는 산등 아래
그 소년 산을 품고
목 놓아 부르는 이름
산 메아리 부르는 시가 됩니다

140

사랑은 우주가 온 거야

그대 사랑이 내게 온다는 건
실로 우주가 옮겨온 것이다
겨울날 꽃씨는 봄을 사랑할 꿈을 꾸며
꽃 피워 낸 세상에서
제일 예쁜 모습으로 살아가는 걸 보면
그대 사랑이 내게로 온 것은
우주가 온 것이나 다름없다
봄을 만난 꽃의 사랑이나
나를 만난 그대 사랑이나
따지고 보면
꽃보다 아름다운 사람이라니
어디 봄과 꽃에 비하겠는가

141

사람의 꽃

꽃 피워 봐

눈물 없는 사랑이 어디 있겠는가
겨울 꿈 없이
꽃 피워 낸 봄이 어디 있겠는가
얼음 눈 다 녹여서 이 땅 적신 봄처럼
지금 그대는 봄길을 연 입춘을 지나
얼음 눈을 녹이는 우수를 만나고 있으니
경칩처럼 깨어나서
곧 있으면 춘분을 맞아 봄날의 첫사랑
꽃 한 송이
피워 낼 거야
그대가 꽃 필 봄은 따로 있었어
그대를 기다리는 봄이 올 차례야
꼭 꽃 피워 봐
봄 햇살 같은 님이 기도하고 있잖아

142

바다에 핀 별

이순신
백성이 조선이다
그날에도
임금이 주인이 아닌
백성이 이 땅의 주인이라고 외쳤던
백성 사랑의 이름이여
'미신불사 상유십이(微臣不死 尙有十二)'
'신은 아직 죽지 않았고
신에게는 열두 척의 배가 있습니다'
그 열두 척은
2천 만 조선민의 손발이 되어
명량대첩 바다를 걸고
물길을 가르는 파도가 된
만 백성의 피 끓는 함성이었소
꽃은 궁궐에서 봄바람 안고 온종일 피어나고
별은 바다에서 찬바람
온몸으로 품고 핀 꽃이니
별처럼 불멸하는 성웅 이순신 그 이름이여

143

너는 우주야

이른 아침
파랑새 한 마리 장미넝쿨 위에 앉았죠
설렘으로 얼굴 붉힌 장미꽃
방긋방긋 입술을 내밀었죠
오늘은 너의 날이야
맘껏 네 꽃으로
은하수로 빛나는
우주의 꽃으로 피어보렴
찬란한 아이의 꽃으로
이 우주는 모두 네 가슴에 살고 있어

144

푸른 잔치

땅의 세월
사람의 세월
하나 된 입하
하늘도 땅도 사람도 바람도 물도
푸른 빛으로 오월을 서로서로 선물한다
울타리 너머 늦은 봄꽃이 피었다가 엿보고 가는
장독대 옆에 곱게 자리 잡은 봉숭아 꽃
마루에 앉아 손톱에 물들일 날을 꿈꾼다
봄이 오는 소리는 들렸지만
봄이 가는 소리는
오월 소리에 귀가 먹어버렸다
입하가 여름을 부르면 장미꽃이 피어나니
짙어지는 초록잔치에 봄꽃 사랑을 모두 잊어버린
푸른 빛 아래 연분홍 진달래 마주보고
보리피리 꺾어 불던
푸른 오월 닮은 아이를 불러본다
그 옛날이 된 그리움으로

145

사람의 길

물은 아래로 흐르고
해와 달과 별도 아래로 빛을 준다
그런데 아래로 내려간 정치는 없고
하늘에 사는 해 달 별은 땅을 그리워하고
땅에 사는 정치와 욕심은 하늘을 사랑한다
천국 자리 놓칠까 싶어 그럴까
나는 천국에 오르지 않고
물처럼 아래로 밑으로 흐르며 살련다

146

비의 눈물

그제 밤부터
쉬지 않고 비가 옵니다
봄날 봄과 꽃들의 사랑을 보며
얼마나 슬펐을까요
그 눈물 넓고 푸른 오월 마음에
흘러내리고 있습니다
꼭 그대가 안 보일 때
내 눈물 같습니다

빗방울 사랑

비가 내린다
커피를 마시며 그대 생각을 하니
커피가 향기롭다
그리움에 지친 내 마음을
멀리서 알았는지
유리창을 쓰다듬은
빗줄기가 그대 손길처럼
내 가슴을 만져준 것 같다
빗방울 수마다 그대 얼굴이
방울방울 엮어진 구슬처럼 보인다
우울했던 마음 구슬같이 빛난다
그리움을 꿨다

148

선택

그리움이 비처럼 내린다
우산을 쓸까
그리움이 비처럼 내린다
그대 생각을 쓸까

저 풀꽃을 봐

아무리 작은 풀꽃이라도
들녘에서 당당하게
제자리에 피었잖아
아무리 거센 비바람이 불어와도
고개 숙이기 전
바람은 지나가거든
기죽지 말고 살아
풀꽃처럼 오래오래

150

인생 봄날

사람들은
인생의 봄날이 갔다고
절망하지만
나는 네게 봄산 같은 사람
너는 내게 봄꽃 같은 사람
봄이 가면 봄꽃은 지지만
봄 같은 그대가 있는 한
나는 언제나 지지 않는
꽃이야

장미꽃 은혜

오월 담장 붉게 물든 장미꽃은
시간을 붙잡고
옛이야기를 들려줍니다
먼 오래 전에 한 소녀는
가난한 늙은 홀아비의 방긋 웃는 꽃으로
반짝이는 별이었습니다

푸른 하늘 푸른 세상에서 푸른 빛으로 놀아야 할
가난한 소녀의 어버이날
만발이 핀 장미도 그 애달픈 사랑을 보며
햇살에 이슬을 숨기고
붉은 눈물을 흘렸습니다

꽃과 파란 잎 사이
빨간 피를 흘리는 고사리 손에 훔쳐지는
소녀의 이슬 같은 눈물
장미꽃은 끝내 소녀의
아버지 품에서 사랑합니다
장미꽃으로 피게 해 주서서 고맙습니다
뜨거운 웃음을 선물합니다

어머니는 사랑뿐입니까

그대 사랑을 위해 무얼 할 수 있는가
5월 봄 같은 그대가 말한다
나는 붉은 이 꽃으로 그대 집을 짓겠소

그리고 젊은 연인은 말한다
저 하늘의 찬란한 별을 다 따고
이 땅의 아름다운 꽃을 다 모아 선물하겠소

마음이 가난한 시인은
그댈 위해 자연 만물 같은 생명의 시를 짓는 어느 날
시가 아니면 어찌 어머니의 참사랑을 알았겠는가

생명의 어머니는 말합니다
한 아름 장미도 한 상자 보석 같은
사랑의 시는 못 짓지만
숨 쉬는 자연의 시간이 되었노라고 또 은혜를 부릅니다

사람은 사랑으로 완성되고
생명은 생명으로 온전해진다 하거늘
바람의 숨결 속 촛불이 깜박이며 몸부림치는 모습을 보며
꿈의 별이 떠 있는 힘이라고
시 한 수 짓는 어머니 세월 사랑
땅에 꽃만치 피고 하늘에 별만치 반짝입니다

153

민들레 땅

민들레는 어느 땅이든 탓하지 않고
적응하며 잘 살아
바람이 아무리 멀고 험한 환경에 내려놔도
바람을 원망 안 해
민들레 홀씨는 희망으로 뿌리를 내릴 수 있는
꿈과 용기가 있거든
민들레는 시간타령 환경타령 절대 안 해
희망의 시간을 만들며
사방을 구경하면서 눈을 높이는
민들레를 닮아 살아 봐
네 가슴이 곧 민들레 땅이 될 거야
핑계 많은 화무십일홍 꽃처럼 살지 마
영혼은 시간 속에 살지 않거든

인생 울음

인생이 태어날 때 우는 것은
인생살이 고달픔을 알기 때문이란다
그런 소리 하지 마라
인생으로 태어난 것을
너무 기뻐서 우는 것이다
왜 인생을 오래 살라 하겠는가
길가에 헐벗은 거지에게
물어봐라
왜 사느냐고
그렇게 살려면 죽지
당신 같으면 뭐라 대답하겠는가

똑같은 신세 다른 꿈

두 사람의 거지가 길거리에서 동냥을 한다
한 거지 앞에는 동냥 그릇 앞에
'한 푼 줍쇼, 3일째 밥 한 끼 못 먹었습니다'
쓰여져 있었고
또 한 거지 동냥 그릇 앞에는
'겨울을 견디는 꽃씨에게 꿈과 희망을 주는 것입니다'
지나가는 한 사람은 '한 푼 줍쇼'에 동냥을 줬고
또 한 사람은 '겨울을 견디는 꽃씨'에 동냥을 줬습니다
당신은 거지 한 사람을 고른다면
누구에게 동냥을 주겠습니까

제8부

여름은 명작

오월 가슴

오월
살아 있어 좋다
나뭇잎이
내 가슴에 푸르게 푸르게 물들인다
오월의 산천도 좁은 건가 보다
내 가슴에 만물의 생명이 뛴다

158

오월은 시인이다

오월은
온 산천 햇살 닿는 곳마다
생명이 움트고
시가 되는 세상이다
오월 시인의 가슴에
생명의 시를 쓰고 있다
그 시 한 번 살아 있다

오월의 의자

나는 푸른 숲 아래
온종일 그댈 기다리는 의자입니다
초록 나뭇잎 햇살 한 조각 머금고
하늘 흰 구름 펼쳐 놓으며
새들 노랫소리 계곡물에 띄워
그대 안아 주는
오월이 만든 의자입니다

여름은 명작

세월의 그림을 그리던 하늘이
봄날에 취해 있다
여름 온 줄도 모르고
깜짝 놀라
일어선 자리
파란 물감을 엎질러 버렸다
파란 물감은 온 산천으로
짙게 번져 초록의 산천을 이루었고
하늘은 태양을 내려보내
닦아 보지만 오히려 땀만 펄펄나게 했다
여름이 초록이며 뜨거운 이유다
그림을 그리다 보면
실수가 뜨거운 명작이 된다

여름 숲

축축이 젖은
여름 숲은
어머니 젖줄이다
날마다 울창한 봉우리에
예쁜 새 한 마리 앉아 논다
엄마가 불러주는 노래
산천 바람 그네를 타며
내 삶의 아리랑 고개를 만난다

162

여름 식사

상추에 초승달을 싸서
점심을 잘 먹었다
호박잎에 보름달을 싸서
저녁밥을 잘 먹었다
잠들면 뭘 싸서 먹을까
별이면 좋겠다
꿈이 이루어지도록
여름은 영육의 양식을 살찌게 한다

여름 숲을 보며

여름날 울창한 숲은
생명의 비밀을 품어 주니 좋다

숱한 인생살이 칡넝쿨처럼 엉키고 설켜도
진땀 나는 삶처럼
생명력의 아름다운 질서를 보여주니 좋다
그들도 사람처럼 쑥쑥 자라
성공을 맛 보는 것같이 보인다

비가 오고 바람 불어도 좋단다
더러운 곳 말끔히 씻어주니 털어주고
가려운 곳 긁어주며
서로를 보살피고 의지하니
사나운 태풍이 불어도 좋단다

잎새 하나는 약하지만
그들은 산을 이룬 숲으로
한 몸을 이루니
가을 단풍으로 영글어 갈
태양보다 뜨거운 사랑이 있으니 걱정 없단다

여름 숲은 나 홀로 자라지 않고
생명의 자손들이 다 모인 산 동네를 이뤄
세상을 살게 하는 푸른 빛의 고향처럼
사람들 삶의 시간을 높게 하는 자리니
숲을 이룬 산이 다투지 않고 사는
산의 속마음 같은 숲이 좋다

꽃을 보며

꽃들을 보라
햇빛 나면 같이 웃고
비가 오면 같이 젖고
바람 불면 같이 흔들리고
한 때 피었다 진 꽃들도
희로애락을 같이 나누는데
꽃보다 아름답다는 사람이
비를 피해 바람을 피해
혼자만 햇빛 받으며 웃고 살며
천국 가기를 원한다
나는 천국에 안 오르고
꽃처럼 살련다

모란꽃이 피어나면

늙게 핀 봄꽃들이
다 피어질 때까지
어디서 기다렸을까
햇볕이 여름 길을 비추니
그 풀밭 사이에
신방처럼 피어난 모란꽃
그 귀함 부귀영화라니
나도 푸른 들녘에서
화려하지만
풀들과 키를 같이하는
낮은 모습으로
모란꽃 같은 삶을 살고 싶다
나 잘 났다고 울타리에 올라
가시까지 달고 뽐내는
장미꽃이 아닌
오월의 모란꽃으로

사람의 꽃길은

세상에서
사람들은 길을 간다

어려서는 배움의 길
젊어서는 삶의 길
늙어서는 행복의 길
좀 더 늙으면 놀고 먹는 길
좀 더 더 늙어서는 하늘 길

사람들은 걸어온 길에서
무엇을 남기고 왔을까
자식 낳고 기른 것 밖에
지난날이 사라진 꿈결처럼
아무것도 보이지 않는다

꽃길을 원하던 사람들
봄길에
꽃씨 한 톨이라도
심어 봤을까
심지도 않는 꽃길을
어디서 걸어가려고 하는가

세월 따라 저 들에도 꽃길
저 산에도 꽃길은 열리는데
사람의 꽃길은
입으로만 길을 내고 산다

꿈이 가는 길

구름은 바다를 꿈꾸며
비가 되었다

자연은 세월 꿈꾸며
시인이 되었다

꿈꾸는 세상
그대 무얼 꿈꾸는가

170

인생 아름다운 약속

인생이란
사는 날 동안
꽃이 제일 좋아하는
말하는 꽃이더라
꽃들이 사람을 보고
부러운 웃음을
그칠 줄 모르는 걸 보면

인생 무엇이냐고
누가 묻는다면
꽃은 아름답기는 하지만
땀의 맛을 모르니
삶 속에서 풍겨 나오는 향기는
맛보지 않고는
알 수 없는 것이라고

그래도 인생이 뭐냐고 또 물어오면
봄날 주어진 자리
산에 들에 피었다가
봄날이 가면 세월 따라 가는
아름다운 약속이라 말하겠네

사람의 꽃

봄이다 꽃이다

봄날의 얼굴
꽃들이 핀다
인생은 봄이요
사랑은 꽃인가
인생 봄 없이
어찌 사랑을 알까
추운 날 견뎌야
꽃이 피어나듯
인생도 시련 없이
꽃이 필 수 있겠는가
나의 삶은 어느 날에 있을까

봄이여 꽃이여

내 인생의
봄은 갔어도
시가 있으니
나는 언제나 봄이고
내 인생의
젊음은 갔어도
꽃이 피는 한
나는 언제나
사랑이다
그대를 바라보며

행복 사이

봄을 만나면 따뜻하고
꽃을 만나면 사랑이 된다
우리 사이다

그게 사랑이야

좋아하는 사람
마음에 품고 살아 봐
저절로 따뜻한 봄이 오고
예쁜 꽃 피거든
그게 사랑이야
기죽지 말고
아름답게 살아 봐

봄꽃처럼

봄꽃이 왜
사랑을 제일 많이 받는 줄 알아
사람들이 가장 예뻐하는 꽃이지만
욕심도 부리지 않고
피고 지는 때가 되면
그 자리를 물려주고
봄 따라 가는 거야
내년을 약속하며
봄꽃처럼 인기가 있는 사람 같으면
그 자리
봄꽃처럼 물러나겠어
여름 장미꽃도 가을 국화꽃도 겨울 동백도
아름답게 피어날 수 있는 거야
봄꽃처럼 살아가자고

봄비 손길

봄비는 좋겠다
꽃들이 다칠까 봐
보슬보슬
새싹이 아플까 봐
살금살금
갓난아기 보살피듯
첫 생명의 비
봄비의 손길

봄비 노래

봄비는 좋겠다
관객들이 꽃이어서
꽃들이 비에 젖어도
웃고 있는 걸 보면
봄비의 노래가
생명을 부르는 노래임이
틀림없다

사람의 꽃

·

지은이 / 오다겸
발행인 / 김영란
발행처 / 한누리미디어
디자인 / 지선숙

·

08303, 서울시 구로구 구로중앙로18길 40, 2층(구로동)
전화 / (02)379-4514, 379-4519
Fax / (02)379-4516
E-mail/hannury2003@daum.net

·

신고번호 / 제 25100-2016-000025호
신고연월일 / 2016. 4. 11
등록일 / 1993. 11. 4

·

초판발행일 / 2023년 7월 10일

·

ⓒ 2023 오다겸 Printed in KOREA

·

값 **15,000원**

·

※잘못된 책은 바꿔드립니다.
※저자와의 협약으로 인지는 생략합니다.

·

ISBN 978-89-7969-873-2 03810